세상의 별을 모아 너에게

세상의
별을 모아
너에게

장근엽 지음

서교출판사

Contents

2장

세상의 별을
모아 너에게

3장

다시 피고 지는
나의 삶

4장

너 만의 향기로
닦아 내고

5장

다시 만날
시간을 기다려

귓가에 남아 떠나지 않는 한마디 어쩌면
나에게 하는 소리 같다 훨훨 날으라
한다 훨훨훨
오늘도 행복하고 가슴이 뭉클한 건 사랑으로
날 바라보는 사람이 있었기에 웃을 수 있었다
잔잔히 흐르는 물 같은 삶 되길 소망하며 오늘도 훨훨
날자 훨훨훨

2020년 2월 장금염

1
우리
사는
동안에

새처럼 훨훨

귓가에 남아
떠나지 않는 한마디
어쩌면 나보고 하는
소리 같다

나더러 훨훨
살으라 한다
훨훨…

구석에 밀쳤던
저린 슬픔을
꺼내기 조차 두려워
돌아보지 않았어

혼자 였기에
다 주려고 했던 건
나만의 위로였지

그래도 이토록
가슴이 뭉클한건
사랑으로 날보는
사람이 있었기에
웃을 수 있어

잔잔히 흐르는
물같은 삶이 되길
훨훨 훨훨 오늘을
날아간다

하쿠나마타타

하늘을 나는

풍선을 타고

마주한 둥근 세상

발 아래 펼쳐진

숨벅찬 광활한 대지

키 큰 고목나무인 듯

흔들리는 기린 가족

연못 위 하마는

새가 쉬어가는 검은 바위

양 떼들은 푸른색 바탕

흘러내린 그림물감

드넓은 바다는
하늘을 담은 파란 액자

내가 살고 있는
이런 세상엔 미움도
욕심도 없을 테지

땅에 발을 딛고
매일매일 일을 찾는
개미 같은 일상

지금 내 앞에 놓인
자유를 찾아 또다시
하늘을 날고 있어

마음속에 용솟음쳐
저 멀리 외치는 한마디
하쿠나마타타

시간의 파편

보슬비 내리고
레인코트를 걸친 내 등 뒤엔
뽀얀 흙 꽃이 피었어

검게 물든 장미의 소녀는
내게 눈물을 보이네요

붉게 물든 햇살 아래
잿빛이 된 꽃동산은
토라져누운 까마귀 얼굴

더운 공기와 낮은 하늘을
맞이한 내 속안엔
망부석처럼 큰 먼지가
자라고 있어요

16

휴지처럼 써버린
지나 온 날들은 광활한
대지에 안개로 내렸어

세상 밖 허공에 떠있는
시간의 파편들은 흩어지고
오늘 또 새로운 고향을 찾아
별을 쫓고 있는 사람들

어릴 적 눈꽃을 먹으며
논밭 위 썰매를 타던
그 환한 미소의 시간 속으로
묻히고 싶다

사랑의 카오스

어둠이 깔린

고요한 빌딩 숲

은하수 물결에

반짝이는 찬란함이

가득하다

높이 솟은 빌딩처럼

커져가는 욕심은

켜켜이 쌓여가고

오를수록 무거워진
삶의 날들이 꺼질 듯
힘겹다

지금 여긴 저마다의
꿈과 어두운 그림자가
사슬처럼 엮어진
도시의 카오스

살아왔던 어제는
인생이란 한 권의 책 속에
한페이지가 되고

혼란한 세상 속
모든 걸 버티게 한
사랑은 내 삶의 전부

우린 서로 우연에서
시작되어
사랑이란 언어로
답하기 위해
내 삶에 뿌리를 내리며
지금 이 순간 숨을 쉰다

지금 여긴 저마다의
꿈과 어두운 그림자가
사슬처럼 엮어진
도시의 카오스

행복의 일기장

난 어릴 적에 참 꿈이 많았지

어부가 되어 아름다운

인어를 만나는

상상도 했었고

세상의 별을 모아 너에게

안겨주는 기쁨도 가지고

싶었어

난 오늘 지금껏 걸어왔던

정거장에 머물고

내일이라는 인생의 낙서장 앞에

나의 삶을 너에게 맡겨보려 해

지구의 반을 돌아

인연이라는 시작 앞에서

한 글자, 두 글자 행복의 일기장을

채우고 싶다

저 멀리 보이는 구름 뒤에 가려진

거울처럼 반짝이는 낙원을 찾아

꿈속에서라도 훨훨 날아올라

우리의 보금자리로 내려앉고 싶어

도레미파솔라시도

도화지에 물감을 뿌리고
눈부시게 날아가는 나비를
그렸어

레몬향 짙은 너의 노오란 자태
한줌 잡으려 했지만 반딧불로
날아가 버렸지

미리 언약이라도 했었더라면
넌 나의 풍경이 되었을 거야

파란 하늘이 나를 지켜도

이별을 지우고

만남을 그리고 있어

솔향기 가득한 푸른 밤

저 멀리 내려오는 이슬 먹은

투명한 오로라 ♫♪♩

라일락 꽃잎으로 내 사랑을

모두 실어 너에게 보냈지만

시리도록 아파했던 지나간
시간 속에 또다시 널 찾아
새로 그린 이 그림

도화지에 물감을 뿌리고
나만 바라보는 예쁜 네 모습
넘치도록 그리고 있어
오늘도 널 그리워하면서

고슴도치

내 앞에 나타났다는 것
하나만으로도

웃고 울고
잠 못 들게 보채곤 해도

남들은 못생겼다고
눈길을 주지 않아도

내겐 예쁜 별꽃 같은
고슴도치

나도 고슴도치였기에
나의 고슴도치를

한없이 사랑한다

사월이면

이루지 못한 첫사랑은
누구나 한번쯤 겪었던
숨겨둔 일기장

지나간 날들을
되짚어 봐도 다시 올 수
없겠지만 그래도 떠올리면
한편의 추억드라마

차가운 바람에
등을 돌려도 홀로있는
외로운 나의 옷깃엔
쓸쓸함의 소용돌이가

떠나지 못하고
사월이면 오겠다던
진달래는 왜이리
가슴을 태우는지
이제는 기다림과
이별을 해야겠어

내 앞에 다가오는
사랑을 맞이하려
가슴을 활짝 펴고
사월을 기다리는
나의 애뜻함
난 사월을 사랑한다

난 사월을 사랑한다

나에게 온 겨울

세상이 멈춘 듯
소리조차 사라져
적막함도 어울리는
하얀 겨울

강물은 차가움에
못견뎌 투명한
유리처럼 굳어지고

싸늘한 바람은
어디선가 기다리는
봄을 찾아 유랑한다

생명의 꽃들은
눈 꽃입은 겨울에게
이제 그만 가달라고
등을 돌리고

봄을 미워하지도
않았던 겨울인데
서러워 흘린 눈물조차
꽁꽁 얼어버렸어

냉정한 외면으로
추위에 떨고있는
겨울이 너무도 안쓰러워
나에게 오라고
손짓한다

선인장

어떻게 오늘 밤 말을 다해요

짓궂은 비와 뼈 속을 에이는 추위에
나의 육신엔 송곳 같은 미움이
자라났어요

황량한 사막 뜨거운 태양은
나의 심장을 태우지만
내 안에 있는 사랑의 속살로
지키고 있는 나는 선인장

저녁이면 그대가 찾아주길

기대하며 모래바람에도

눈을 감고 그대를 그렸어

바람 속에 맞이한 적막한 어둠

이토록 사무친 이야기를

어떻게 오늘 밤 말을 다해요

풀 한 포기 자라지 못한

저 황량한 사막 저편

하얀 날개를 활짝 핀

그대가 보여요

내게 남아있는 미움의 가시를

기쁨의 눈물로 채워줄 수 있는

사랑의 속살이 되어 주세요

풀 한 포기 자라지 못한
저 황량한 사막 저편
하얀 날개를 활짝 핀
그대가 보여요

안경

내가 사는 이 세상을
다 알 거라 생각했어
흐릿하긴 했었지만
걷는 데는 문제없어

안 보이면 찾지 않고
부딪치면 내 탓이야
자신 없던 내 모습에
용기를 준 뿔테안경

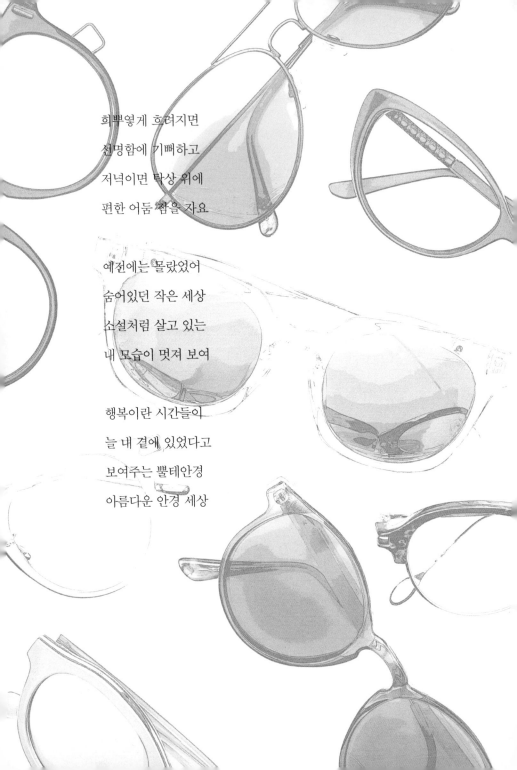

희뿌옇게 흐려지면
선명함에 기뻐하고
저녁이면 탁상 위에
편한 어둠 잠을 자요

예전에는 몰랐었어
숨어있던 작은 세상
소설처럼 살고 있는
내 모습이 멋져 보여

행복이란 시간들이
늘 내 곁에 있었다고
보여주는 뿔테안경
아름다운 안경 세상

어떤 하루

은행잎 노랗게 물들면
고즈넉이 흐르는
내 강물엔 귀여운 새들의
노래가 들려

지금도 파란 앞마당
잔디밭에 뛰노는
나비들은 꽃잎처럼
나풀거리고

보글보글 준비하는
맛있는 식탁엔
구수한 된장찌게가
기다려져

깨소금 뿌려진 동그란

그릇에 담겨진

향긋한 나의 행복

말끔히 닦아놓은

책상 위에 편히 쉬고 있는

오늘을 써보기도 해

한 잔의 차와

시가 있어 좋았고

함께 있는 오늘이 있기에

채워지는

사랑에 감사한다

거울

주문을 걸어봐도
보이는 그 모습은
아무리 가려봐도
감출 수 없었나 봐

얼굴의 감정의 색
진하게 그려지고
미소 띤 환한 얼굴
새롭게 시작하네

흘렸던 눈물자국
말끔히 닦아내고
손에 쥔 욕심까지
알게 된 유리조각

거울 속 세상 속엔
가면도 보이지만
나만의 진실의 창
여기에 새겨졌어

예쁘게 화장하고
겉으론 웃었지만
거짓을 알아보는
차가운 너의 시선

뜨거운 사랑만이
널 위한 것이라고
또렷이 알게해 준
빛나는 나의 분신

의미있는 이름

나무를 보면
숲을 생각하고
시냇물을 보고
바다를 떠올리며

은하수를 보면
끝 없는 우주를
상상하기도 한다

산새를 보면
날개를 달고 하늘을
날아 가는 꿈을 꾸고

물고기를 보면
깊은 바닷속을
헤엄치는 돌고래를
그려본다

신비로운 오로라는
어딘가 존재하는
신들의 세상이
있을 것 같다

이처럼 모두가 주어진
소중한 의미가 있기에
우리는 살아가고

아름다운 자연과

살고 있는 내 삶은

하나의 의미 있는

이름으로 남겨진다

돼지

여기까지 온 것은
모두가 너의 배려였어

세월의 살이 쪄갈수록
내게 차오른 건 여유와 푸근함

작은 실눈에도
큰 웃음을 준 너의 미소

산 너머 방앗간의 구수한
쑥떡의 향기에 네 코는 더 넓어지고

네 작은 입에 무릎을 조아리며
소원을 고백하는 착한 이들

넘쳐 터지도록 받고 싶은
네가 주는 행복의 처방

슬픔에는 기쁨으로
아픔에는 건강으로
헤어짐은 만남으로
실패는 성공으로
끝은 새로운 시작을 주는
원기소 같은 모든 이의 영양제

빠져서도 안되는 네 살처럼
나를 채워준 너의 복을 언제나
받고 싶다

구두

날파리도 미끄러진
반짝이는 구두를 신고

먼지라도 내려 앉아
앞이 안 보일라

세상 풍경 바라보다
우연히 만난 껌딱지

스쳐도 인연이라지만
연근 실오라기 줄을 이어
나를 붙드네

언젠가는 달콤하고
부드러운 사탕 같던
네 향기 Love

행복에 풍선도 불어보고

잠들 때 머리 위 벽에 붙어

날 지켜보던 너

세월에 주름은 깊어

신발장 저 구석을

지키는 지금

껌딱지가 남기고 간

까만 멍 자국을 지우고

검은색 짙게 바른

구두를 신고 오늘도

난 새로운 만남을 찾고 있어

무지개

신이 주신 축복의 열매
빨간 심장 사랑으로
하얀 세상 눈을 떴어

오렌지빛 색동저고리
아장아장 꽃신 신고
한 걸음씩 걸어보네

숨도 차고 뛰어놀다
병아리 입 물 한 모금
개나리꽃 웃음 진다

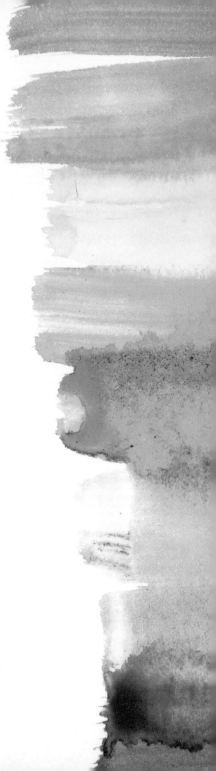

사시사철 푸른 나무
나를 감싼 녹색 향에
내 젊음은 영원했어

높고 높은 구름 위에
파란 하늘 등대되고
내 발아래 보인 여긴
잠시 머문 시간인가

진눈깨비 내려와도
나를 지킨 검은 기와
빛이 바랜 남색이네

자주 빛깔 옷고름에
숙연해진 숨소리는
함박웃음 꽃이 되어
가슴속에 피어난다

맥주

지친 하루 문을 닫고

너와 마주한 이 시간

오늘도 날 기다리며

따갑도록 시원한 인사

소리조차 고요하게

하얀 미소 짓는 구나

정열의 온도 차가움으로

내 입술을 적시는 너

피로조차 어디인지

노란 색깔 영양제

사르르 퍼져 드니

평온함이 가득하다

거부할 수 없는 유혹
따각 소리 경쾌하게
내 빈 잔엔 언제 다시
뽀얀 얼굴 황금물결

톡톡 터진 너의 산소
싱그러운 녹색향으로
한 잔, 두 잔, 초대하고
보리향에 가득 취해
너를 따라 걸어간다

버스

아침의 출발을 알리는

힘찬 시동 소리와

밝은 인사

덜컹대는 바쁜 하루가

즐거운 도로 위를

달린다

서는 곳곳의 정류장마다

또다시 만난 밝은 모습에

손을 들어

기다리는 웃음을 보며

명랑한 버스는

다음 역을 빨리도

찾는다

흔들거리는 움직임에

리듬 있는 스텝도

밟아보고

흥겨운 노랫가락에

할머니의 어깨춤마저

덩실대는 행복 버스

명품 가방

걷다가 멈춰진
발걸음은
백화점 명품샵

입큰 개구리처럼
갑자기 날 쳐다보는
어이없는 내 남자

부글부글 끓어오른
냄비처럼 달아
올랐지만

살만 빼면 사준다는
가방을 보며 애써
미소지며 이를 꽉
깨물었어

빈혈까지 참아가며
감동적으로 받았던
명품가방

요술처럼 또다시
올라온 살이 찐 나는
내 남자와 또 다른
가방을 보고
있어요

2

세상의
별을 모아
너에게

가면

누구냐고 묻는다면
이중인격자라고
말할 수 있어

약하고 작다면
포장이 필요 없는
장난감처럼

아래로 향한 시선
어깨는 뾰족한 지붕
목소리는 무거워
들어올리기 힘겨워

입꼬리 올린

미소 뒤에 뜨겁게

끓고 있는 시기심

상냥함의 침까지

흘리며 애틋한

눈빛으로

잘라도 거름도 없이

쑥쑥 자라나는 무성한

가식의 잡초

포장지 필요 없는

진심을 갖기 위해

버리고 싶은

눈에 띄지 않는

이중 가면

나의 별

그 큰 사랑은 어디에서 왔을까
내가 받고 싶은 사랑은
진정한 사랑입니다

당신을 보고 난 알았습니다
끝없이 주는 사랑만이
참 사랑이란 것을

내려놓기
비우기
그것을 잠시 보관하고 있다고

소유하지 않는 자만이
진정한 자유인이라고
말하는 당신

그대 마음이
내 마음속에 조용히 내려와
나의 별이 됩니다

웃음 치료

아침을 열고
계단을 내딛는
가벼운 발끝은
오늘을 기대한
발랄한 왈츠

고개를 들어
높이 솟은 계단의
끝엔 무거운 한숨이
기다리고 있어

어둠 뒤에 가려진

한줄기 빛을 향해

한 발 한 발 오르고 있지

저마다 숨겨둔 두 가지

양심 앞에 참으려 해도

참을 수 없는

나의 비웃음

불신과 무시함이

묻어난 공기를 마시며

살아가는 축축한 하루

유쾌한 코미디처럼

밝은 삶을 위해

난 지금 웃음의 산소로

치료하고 있어

누룽지

타다 남은 속을 누가 알아줄까

나의 피부는 검다 못해

아스팔트 같아

누구도 부러워했던

희고 맑은 내 얼굴

질투에 못 참는 숯덩이가

나의 애간장을 밤새 끓게 했어

너를 유혹할 향기도
가지고 있는데
왜 나는 바닥에 눌려
너를 맞이할 수 없을까

기다리다 지쳐
내 몸은 굳어지고
비명처럼 소리 내며
이제야 나는 너의 품에
안겨진다

그리울 때만 찾는 풍선껌보다
늘 느낄 수 있는 나이고 싶어

나는 누룽지!

아수라

저 멀리 보이는 삼각산 머리 위
나 홀로 서있기조차 비좁은 곳

정상이라는 마지막 순간을 향해
눈을 감고도 질주하는 철부지들

이름은 하나고 바르고 착하고
계명만 하고 지낸 세월 오천 년

가진 것 하나 없이 모두 바쳤건만
내가 진정 있는 곳은 어둠의 방

벽을 보고도 웃음 짓는 나는 아수라
태양이 비출 때 나는 또다시 태어난다

내가 있어야 할 곳에만 있는데
왜 나를 철새라고 부를까

난 연극, 뮤지컬, 가수, 운동선수
모든 걸 잘 할 수 있는 배우이지

차곡차곡 돌계단 쌓아올린 만리장성
일하는 이의 피곤함마저 생각한
저 끝없는 한숨에 머리를 떨군다

난 무엇을 남기려, 무엇을 가지려
오늘도 한없이 삼각산 정상을 향해
숨도 참고 오르고 있다

프로포즈

손님 없는 선술집에서
마주 앉아 술잔을 채워
빗소리는 음악이 되고

콧노래로 흥에 겨웠어
주인장은 서비스 안주
고맙다고 인사를 했어

추가 안주 주문도 하고
나 그대와 원샷을 마셔
혀가 꼬여 말도 길어져

우리 서로 자기 말만 해
알딸딸딸 추가 한 병 더
안 취했다 눈을 크게 떠

아주머니 문 닫는다네
내 집인 양 신발도 벗고
문지방에 머리를 눕혀

깨어보니 여기는 내 방
물어보니 등에 업혀서
미안하다 여자친구야

사실은 나 어젯밤엔

좋아한다 고백하려 했어

오늘 밤에 다시 만나면

준비했던 선물도 주고

사랑한다 말을 할 거야

여보세요 거기 누구죠

전화번호가 바뀌었네요

카페 라떼

앞에 놓인 찻잔 속에 간직하고픈
사랑의 흔적이 비치고 있네

온정이 느껴지는 너의 허리춤
널 감싸고 나는 웃음 짓고 있어

매혹의 향이 그리웠지만
지금처럼 느낄 수는 없었어

내 곁에 잠들 때에도
알 수 없었던 너의 체온

아끼고 있다 해도

난 너의 뜨거움과 폭포 같은

거품이 필요해

하얀 사랑의 자국을

바닥까지 보여주는 널 보며

난 무얼 해야 하나

소리 없이 사라진

너의 뜨거운 샘물을

또다시 가지려

널 부르고 있어

김밥

반들반들 윤기가 나는
검은색 비단옷을 입은
고소함이 가득한
꽃밥

고슬고슬 하얀 솜처럼
깔려진 따뜻함
위에

힘센 뽀빠이 시금치
노란 상큼한 단무지
예쁜 천연색 맛들이
동그랗게 모여있어

잠도 설친 기다림의
달달 볶은 깨 냄새가
벌써부터 배고프다
칭얼대는 아가처럼
보채고 있어

도시락 가득 채운
예쁜 행복을 담고
가는 내내 조급하게
기다려지는 색동옷
차려입은 즐거운
꽃밥

친구

말없이 바라보고
손 내민 너의 위로
웃어도 울고 있는
너의 맘 알 것 같아

보고파 너를 찾아
한잔 술 나누었고
내 눈물 닦아주던
마음속 깊은 우정

어릴 적 엄마처럼
기댔던 너의 어깨
힘겨워 하지 않고
앞으로 걸어갔지

늘 곁에 있었지만
고맙단 말 못 했었어
시간이 지나가도
너와 나눈 많은 얘기

다음 세상 살아가도
잊지 못해 내 친구야
내 삶 속에 영원히
함께 있어 고마워
사랑하는 친구야

술

사실 주위에 친구들이
인기가 많은 이유는
나 때문이야 (친구 이름: 안주)

주인공인 나에게
세상 그 누구도 거짓을
말하진 않았지

살얼음이 얼도록 냉정한
나는 모든 이의 이야기를
들어주는 선생님

용기도 주고, 눈물도

닦아주고, 기쁨의 팡파르에

너의 몸도 적셔주었지

절교하자고 했지만

떠나지 못하고 밤이면

또다시 나를 찾지

여기저기 친구들은 많지만

진정 나는 나를 위할 줄은 몰라

이토록 고함지르며

오늘도 나만 찾는다

술-술-술 힘이 드네

아침 밥

싱그러운 새소리
아침의 문은 열리고
따스한 햇살은 나의
침실을 비추고 있어

늦잠의 게으름도
아쉽지만 눈을 뜨면
딸기같이 빠알간 미소

달그락 수저 놓고
보글보글 노래하는
찌개의 하모니

이렇게 늘 행복의
밥상은 차려지고
고소하게 깨알처럼
마주한 하루하루

밥으로 부풀게 한
배부른 행복보다
아침을 내게 주는
사랑에 꼬옥
안아주고 싶어

골프공

흰색 도포로 치장하고
얽게 생기긴 했지만
대접받는 호도알 같이
작은 나

넓은 잔디밭을 지나
물을 건너 모레 사장을
지나면 드디어 내가
사는 집

먼길 오느라 지친
몸을 굴려 집으로
들어가면 뜨거운
박수 세례도 받는다

더 먼 곳을 보고
더 멀리 가라며
격려와 믿음으로
이곳까지 보내 주었던
수많은 친구들

힘에 겨웠지만
멍이든 속도 감추고
다시 또 새로운 얼굴로
푸른 잔디를 밟고있다

약속

기억 속 저 멀리 떠난 널 그리며
지나온 날들은
꿈이길 바래

바보 같은 그 약속을 지금도 믿어

지친 하루 잠이 들어 새벽이 와도
내 일기장엔 온통 그대 추억뿐

저 멀리 바라봐도 너는 어디에
오늘도 네가 보고파

텅 빈 맘 채울 수 없는 밤을 보냈어

지나온 날들은

꿈이었겠지

바보 같은 그 약속을 지금도 믿어

잠시만 안녕이라고

마음이 변했는지

이럴 수 없어

미워도 했지만

고마운 이 계절이 곁에 있으니

우리의 사랑은 푸르르겠지

네가 준 그 믿음 때문에

아직도 그대를 사랑하고 있어

청국장

청국장을 띄운다는
특별한 맛의 비결

자르르 맑은 물 가득
들이킨 배부른 콩

따뜻한 아랫목에
이불을 덥고 편한
잠을 잔다

서로의 온기와 끈끈한
정으로 엉켜있고

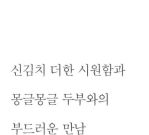

신김치 더한 시원함과
몽글몽글 두부와의
부드러운 만남

쌀쌀한 겨울의 문턱에
구수함이 생각나는
시골의 향을 한가득
뜨겁한 엄마의 맛

자유의 광장

비둘기 날아들고
하늘 위 풍선이
떠있는 아이들의
넓은 광장

하나 둘 모두 모여
시루 안엔 뜨겁게
달궈진 정의의
불사도들

공정과 평화를
지키기 위하여
서로들 내가 먼저
희생하겠다고
악을 쓴다

목소리가 작아

들리지 않는다며

머리카락 자르고

뒹굴며 외치기도 해

북쪽 산을 향해

함성소리 울리고

여기저기 찬반 소리

이곳은 난장판

내 말만이
나라를 위하는 겁니다!

힙합 Hip Hop

느낌 있는 비트에
어깨가 들썩이고
뭐라고 말하는지
알 수는 없지만

아무튼 내 고민이
사라지는 힙합송
가슴속 답답했던
침묵의 탈출구야

장르는 여러 가지
세대 차이 난다지만
힙합을 모르는 넌
조금은 고지식해

지루했던 하루 일과
악센트에 몸을 맡겨
머리도 흔들어봐
우리 모두 다 같이

Put your hands up !
Put your hands up !

센스 있는 여자

예쁘다고 거울만 봐
주근깨는 살짝 가려
네가 사준 이 가방을
십 년이나 하고 다녀

다시 쪘던 이 살들은
한 달이면 남 줄 거야
이래 봐도 동네에선
내 미모가 일등이지

착각인가 친구들이

나를 보고 복스럽데

샘 난다고 그러지 마

화끈하게 한턱 쏠게

다시 나를 찾아와도

받아 줄까 고민이야

떠난 너는 지금도

후회하고 있을 테지

설령 나를 만난다면

미안해 하지 않아도 돼

난 이래 봐도 센스 있는

여자니까

우거지

아무리 인상을 펴봐도
이미 깊어진 주름살

따뜻한 물 속에 몸을
담가 푹 쉬고 있어도

찌들게 남은 피곤함이
가시지는 않나 봐

그리 힘들게 살아온 것
같지 않지만 쌓이고 또
쌓인 고뇌를 들어내고

넋을 잃어 처져있던
나를 위한 햇살의
보살핌은 따스한
위안과 같은 휴식

푸르르던 젊은 계절과
한폭의 그림이 되었던
아름다운 우거지

고향

장독대 항아리 속엔
하얀 둥근 달이
곤히 쉬고

마루 밑엔 가지런히
하루를 정리한 흙 묻은
검정 고무신

어머니의 정성 어린
부뚜막에 올려진
정화수 한 그릇

따뜻한 아랫목의
뜨거움 보다
편안한 어머니 품이
지금도 그리워지는
내 고향

성형미인

원래도 예뻤지만

뭔가 좀 부족해서

화장도 고쳐보고

새 옷도 사 입었어

기분은 좋았지만

또다시 신경 쓰여

나이는 먹어가고

어딘가 처져 있어

양턱엔 산사태가

똥배는 올록볼록

보정 옷 눌러보고

밥까지 굶어봤어

더 이상 안되겠어

견적도 내어보고

도대체 어디까지

연봉도 모자라네

이 정도 고통이야

남들은 부럽겠지

예쁘다 난리 났어

엄마도 못 알아봐

3

다시
피고 지는
나의 삶

들꽃

만약 나를 기억한다면
한 송이의 들꽃이었으면 해

눈에 띄지 않아도
늘 그곳을 지키고 있는 숨결

너무나 가까이 있어 볼 수 없다 해도
너무나 작은 향기로 느낄 수 없다 해도

만약 나를 기억한다면
한 송이의 들꽃이었으면 해

눈에 띄지 않아도
늘 이곳을 지키고 있는 웃음

너무 가까이 있어 볼 수 없다 해도
너무 작은 향기로 느낄 수 없다 해도

작은 꽃잎은 넓은 대지 위에 흩어져
가득한 사랑으로 너를 채운다

만약 나를 기억한다면
세상에서 내가 너의 삶이었으면 해

숲속의 휴식

지평선 맞닿는 하늘 끝
햇님은 아침을 엽니다

바람은 파도에 미끌려
드높이 하늘로 향하고

싱그런 이슬은 초록빛
얼굴로 해맑게 웃네요

졸졸졸 냇물은 흐르고
나비는 꿀 따러 가구요

개미는 오늘도 바쁘게
일하러 들녘에 나가요

나팔꽃 봉우리 어여쁜
분홍빛 새 단장하구요

찌르르 종달새 노래가
들리는 이 숲이 좋아요

세상 밖 그 어디 그대가
힘들 땐 잠시만 머물러

지긋이 등나무에 기대고
눈 감아 지난 일 잊어요

비웠던 행복의 옹달샘
사랑의 샘물이 흐르네

나무와 나

잔잔한 호수에
홀로 떠있는 낙엽

가지에서 떨어져
디딘 곳은 뿌리가
내리기 힘든 물웅덩이

허우적 허우적 떠밀려
겨우 돌 틈에서 숨을 쉰다
나무는 날 밀어내고
내 속에 남은 건 미움

가만히 눈물이 흘러
입술을 깨물고 견뎠어
바람이 데려다 준 이곳에
새집을 짓고

지우고 싶은 상처는
세월의 포용으로
아물었어

난 새로운 만남으로
무지개 다리 위 홀로
노래하는 작은 새가
되었네

품위 있는 화병

내 무릎 위에
수북히 쌓여 있는
흘러간 이야기의 꽃들

빛나던 시절의
모습인 양 화려한
색채로 옷을 입은
여러가지 꽃

품위있는 넓은 화병에
한송이씩 꽂아보며
나도 몰래 웃음
지어 본다

한때는 기대하며
피지 않은 꽃을
바라보며 물을 주고

이른 아침 찾아온
선물인 듯 활짝핀
꽃을 보고 인사를
했었지

매일 피고 지는
아름다운 꽃같은
로맨틱한 일상 속
오늘도 예쁜 꽃을
화병에 꽂고 있다

장미

다시 피어나고 다시 지는
시간 속에 묻혀가는
나의 삶

봉오리 피어나기까지
고되고도 고된 수많은 날들을
지세웠어

살결의 한 겹 한 겹이 나를 만든
얼굴이 되고 너와 마주한 이 공간
화사한 향기로 너를
유혹한다

내가 가진 것 모두 주려 해도

이것 밖에 없는 나는

너무 초라해

빨갛게 피어올라 불태웠지만

시간 속에 사라진 화려한

영혼

붙들고 싶은 마음은 가시 되어

자라나고 잎새마저 손짓하여

흔들리고 있어

이토록 애타는 마음을

보여도 너와 함께 할 수 없는

꽃이기에 차라리 새가 되어

네 품으로 날아 가고파

다시 눈을 감고 다시 떠도

함께 하지 못한 내 마음은

검게 말라 굳어져 버렸어

난 너의 빠알간 사랑의
흔적!

호박

뚱뚱하고 못났다고
광고 내고 살도 빼고

청순함이 묻어나도록
짙은 녹색화장을 해도
눈에 띄지 않나 봐

황금빛 눈이 부셔도
늙었다고 괄시 받고
애 같다고 무시하고
작다고 땅콩이라나

외국물 먹고 돌아와

럭셔리 네임 쥬키니

소개했지만 결국은

돼지 호박이라고 하네

이래서 우리 모임엔

수박은 절대 안 되지

귀신놀이 아이들은

언제나 내 팬이고

풋풋했던 어린 시절

진 노란색 꽃향기에

한때지만 벌떼 같이

나를 보러 줄을 섰지

난 어여쁜 호박이예요

백합

반짝이는 구슬로
밤하늘은 가득 차고

땅 위에는 축복의
별님이 오셨어요

영롱하게 고운 마음
보여주는 하얀 당신

우유 빛깔 짙은 향기
사랑으로 싹을 텃죠

하늘 향해 피어난
여섯 조각 아가페

순결한 마음으로
내 맘까지 포근하죠

어찌 그리 고운 자태
머릿결도 도도하죠

아낌없이 모두 주고
흔적 없이 사라지길
소망하며 희생하죠

이런 마음 갖고 싶어
존경하며 바라봅니다

목련

이루어질 수 없다 해도
님을 향한 지독한
이 사랑

서리도 내려앉아
내 피부는 돌 같지만
갑옷처럼 굳어진 믿음

님 맞아 서두르는 어린 심정
마른 가지 꽃잎부터
보였어요

천둥소리 찾아와도
그리움의 애간장이 만날 날만
기대했죠

터질 듯 설렘은 가득 차고
움트림에 피어나는
하얀 축복의 종

뛰어나가 아기 웃음
지었지만 그 사랑은
어이하고

눈망울엔 이별만이
안개마저 눈을 가려
님 계신 곳 간데 없고

홀연히 눈물만 하늘 위에
흘러 갑니다

백일홍

덮고 있던
흙더미를 걷어내고
숨을 쉬려
내 심장을 꺼냈어

홀로 남은
고독인가 내 손끝엔
뾰족한
바늘이 자라고

꽃잎 접시
둥근 얼굴로 행복하게
태어났지만

전생의 인연일까

접시 위엔

수많은 꽃 송이송이

새롭게 피었네

함께 했던

벗 들인가 가슴 속에

두었지만

야속하게 백일 동안
피다지는
순결한 백일홍

포도밭

포도알 송글송글
익어가는 따가운
반가움의 햇살

돌돌 말아올라간
넝쿨들의 대화가
서로를 보듬고

달콤한 잼처럼
진득하게 담겨져
동글동글 사탕이
가득한 포도 밭

하늘에서 내려온
축복의 빗물에
샤워하는 벅찬
희망의 열매

노을이 져도 아쉬워
눈을 돌리기 싫은
풍경이 사진처럼 남은
나의 별들

눈물꽃

이젠 웃을 수 있어
혼자서도 괜찮아

기적 같은 사랑은
원하지도 않았어

네게 전하지 못한
편지를 꺼냈어

마음 속에 있던 말
왜 그리도 많던지

마지막 한마디는
눈물로 가려져

아마도 안녕이란
말을 했겠지

까맣게 말라버려
눈물꽃으로 다시 피었어

이별의 기억으로
남아있는 까만 눈물
그 꽃은 지금 내게
너의 향기 전해주네

그건 사랑이었다고
아직도 지지 않고
피어 있는 눈물꽃

할미꽃

어찌 그리 슬프길래
하얀 백발 되도록
고개 들지 못하고
눈물짓는가

가슴에 든 멍
씻지도 못한 채
진한 자줏빛으로
물든 측은함

무덤가에 둥지 틀고
밤이면 달을 찾아
의지하네

속세의 굴레를
벗어나
변치 않는 사랑을
갈망하는 할미꽃

응달진 슬픔에게
웃음을 선사하는
하얀 안개옷 입은
부드러운 솜털
방울 꽃

제비꽃

아지랑이 가물가물
따스한 봄날

작은 돌담 뜨락에
살포시 자라난
티없는 아기 꽃

지난해 두고 온
미련을 잊으라며
태어난 가냘픈 사랑

한들한들 한잎 두잎

두 볼에 피어난 청순한

미소, 그대

햇살에 눈부셔도

숙연한 모습으로

자라난 행복의 꽃

성스러운 순결로

오직 나만을 향한 진실한 사랑

당신은

제비꽃

가을 사랑

지금 여긴 어디쯤인가
너무 많이 지나왔나 봐
우리 사랑 깊은 가을속
말라버린 낙엽이 되고

간직했던 사진을 보며
밝은 미소 그댈 그리워하네
목석처럼 무뚝뚝하게
표현 못한 내가 바보야

유리벽을 사이에 두고

내 진심을 다 주지 못한

가을 속에 가버린 사람

언제 다시 볼 수 있을까

잊으려고 애를 써봐도

텅 빈 마음 채울 길 없네

타인으로 돌아선 사람

내게 남은 미련은 없나

가을 속에 묻혀진 사랑

아픈상처 지워버리고

낙엽 따라 지나온 세월

가을 속에 남아 있네

구름

햇살의 폭죽은
파란 물감을 뿌리고
머리 위 하늘엔
끝없는 푸르른 꿈

징검다리 구름 놓아
아기천사 뛰어놀고
맑은 바다 거울은
하늘만 바라봅니다

흰 구름 솜사탕
둥근 세상 달콤하게
두둥실 떠내려와
내 마음에 안기네요

양떼구름 새털구름

비꽃은 주룩주룩

졸졸졸 샘물 흘러

구름바다 흘러가요

붉게 물든 뭉게구름

두 손 모아 포근히

숨겨왔던 속 마음을

솔직하게 말하네요

사랑한다고 ♥

별빛 추억

어디에 남겨져있나
너와 내가 간직했던
소중한 시간들이

돌아봐도 어디인지
눈을 감고 떠올려봐
쉬어가는 별빛들은
비춰줄까 너의 모습

나 그대가 보이지 않아
내밀었던 내 손위엔
빗물 방울 떨어지네

그대가 준 고마웠던

그 사랑이 있었기에

혼자서도 여기까지

바람 따라온 것 같아

보고 싶지만 어쩌겠어

잃어버린 그 사람을

생각날 때 불러보네

그대라는 그 이름을

그 가을 은행나무 그대

언젠가 그대와 손을 잡고
거닐고 싶던 은행나무 길

우리가 못다 한 사랑의 모습처럼
잎새는 갈라져 하나로 물들었어

모자를 벗고 하늘을 보니
이 가을에 그대 모습 떠올라

향긋한 커피도 식은 채로
흘러간 지난 일이 생각나

내 사랑 노란 꽃잎 그대여
언젠가 함께했던 은행나무
이 길로 또다시 나를 찾아봐줘

내 사랑 노란 추억 그대여
그 가을 은행나무 이곳에서
그대와 노래하며 걷고 싶어

그대가 걸어준 머플러는
바람에 흩날리고
어느 곳 갈 수 없는 이 발길은
온종일 낙엽 위에
머무르네

눈꽃송이

맑게 갠 하늘 창은
하얀 눈이 큰 별 되어
펑펑 펑펑 축포 쏘네

눈송이는 살랑살랑
하늘에서 그네 타고
처마 밑의 고드름은
힘 겨루며 손을 뻗죠

아이들은 옹기종기
하늘 향해 입 벌리고
눈 사탕을 쫓아가요

함박눈을 뒹굴뒹굴

손 시려서 호호 불고

허수아비 눈사람은

우리 집 앞 대장이죠

바둑이도 깡충깡충

신이 나서 짖어대고

굴뚝에선 연기나고

밥 먹어라 옆집 엄마

순아 순아 부르네요

촛불

노오란 빛으로
어둠 속에서 태어나고

나의 심지는 검게 타들어가
애써 참으려 했지만

진주처럼 흘린 눈물로
내 사랑을 주려 했어

이토록 가슴 한가운데
눈물의 샘이 차고 있어

멍하니 그저 바라만 보는
난 너의 신기루 인가 봐

한숨은 연기로 흩날리고
나는 꺼져만 가고 있지

두 팔로 눈을 가려
공허함을 외면하고 싶다

웃고 있어도 아파하고
뜨거워도 식어만 가는데

해바라기 노란 빛깔
당신의 눈동자가 되어버린
나는 영원한 불꽃

가을 일기

북두칠성 높은 하늘
허공 속에 나부끼고
귀뚜라미 울음소리
슬프다며 찾아온 밤

소리 없이 내린 이슬
밤을 지샌 달의 눈물
흐르는 강 술렁대고
아련해진 달그림자

술잔 속에 찾아드니

고독하여 함께하고

지난 시절 뒤안길로

잿빛 되어 멀어지네

깊고 깊은 가을 저녁

무심하게 말도 없이

수많은 별 반짝여도

멍하니만 바라보네

찾아드는 찬바람에

문을 닫고 불을 밝혀

적적했던 오늘 밤을

일기장에 묻어둔다

4

너 만의
향기로
닦아 내고

얌전한 꼬마

좁은 골목길을 떠들며
철없이 성큼성큼
뛰어 다녔던 꼬마

전봇대에 붙여놓은
과외 전단지로
비행기를 접고

어두운 밤 철대문 뒤
몰래 숨어 심부름가는
순이를 놀리며
도망갔던 저녁

짝짜기 양말을 신어도
웃으며 뛰어놀던
장난기 많았던
개구장이

지금은 어느덧
의젓하게 자랐는지
체면앞에서 기가 죽은
어른이 되어 있다

철부지 시절을
그립다고 생각 할 줄
몰랐는데 어른이 된
꼬마는 너무나
얌전하다

피노키오

말하는 착한 나무
새들과 놀고 싶어
인형으로 태어난
귀여운 피노키오

제페토 할아버지
말 안 듣는 개구쟁이
여우와 고양이는
언제나 놀려대고

거짓이 무엇인지
진실이 무엇인지
자꾸만 길어지는
코가 잘린 꼭두각시

세상 밖 여기저기
부딪치고 넘어져도
파란 머리 요정님은
언제나 함께 있네

내 몸이 불에 타도
나를 지킨 할아버지
착하게 자라나는
사랑으로 태어날래

피터팬

하늘을 날고파
새가 되는 상상을 했어

인형같이 귀여운
나를 요정이라고 하더라고

난 내가 어디서 왔는지
몰라서 알아봐야 해

남들은 용감하다고 하지만
난 너무나 작아

영원히 살 수 있는 자연과

내 심장

끝을 모르는 나에게

모두들 기대만 하지

샘솟는 오아시스같이

내 날개는 항상 날아오르지만

나도 언젠간 쉬면서 늦잠도

자고 싶어

매일 새벽을 깨우고

햇님도 눈 뜨게 하지만

내가 오길 기다리는

나의 꿈나라로 너를 찾아가고 싶다

어린 시절

잠을 잘 땐

업어가도 몰랐었어

잘 먹는다

밥통 대왕 귀여웠지

새로 사준

운동화향 달콤한 사탕

십 원짜리

동전 먹은 황금색 돼지 저금통

새로 받은 교과서는

예쁜 포장지

어린 시절 새록새록

생각이 나네

방패연은

하늘 위로 높이 날리고

고무줄엔

삼단뛰기 폼도 재보고

말뚝박기

놀이하다 해도 저물어

술래잡기

숨어있다 겁에 질리고

연탄재는

깨트려서 전쟁놀이 해

언제 벌써 지났는지
그때 그 시절

서랍 속에 넣어뒀던
빛바랜 사진
가슴속에 남아있는
옛 동무들
우린 아직 개구쟁이
나이를 먹고
어디에서 행복하게
잘들 사는지
추억하며 밤을 새우니
해가 떠오르네

1과 그리고 8

최고가 되기 위한

성공의 결과 1번

새로운 도전과

희망을 안겨주는 두번 째와

한아름 복으로

꼭 채워진 세번 째

어찌보면 피하고 싶은

네번 째는 F로도 계명을 하고

중심에 선 타자와도 같은

중요한 위치의 4번

화이팅을 외치고
하이파이브 한 기쁨을
가져다준 다섯번 째

가장 작은 완전수
매운 여섯조각 마늘이
완성되기 위한 완벽한
여섯번 째

행운을 가져다 주는
럭키세븐은 사랑도
많이 받는 행복한 수

8품사로도 유명하고
풍성함을 안겨주는
여유로움이 늘 함께한
무한대의 수를 좋아한다

최고가 되기 위한
성공의 결과 1번
새로운 도전과
희망을 안겨주는 두번 째와
한아름 복으로
꽉 채워진 세번 째…

모래알

아주 작고 약해도
있어서 다행이야

모래성을 쌓으면
왕자님과 공주님의
놀이터

조개와 꽃게가
뛰어노는 운동장

멀리서 달려온 파도의

손을 잡고 마중하는

반가움

걷고 있는 걸음도

예쁜 추억을 만들어준

하얀 해변

내가 있는 세상에

아름다운 풍경이 되어준

아주 작은 모래알

통영의 밤바다

넓은 바다 안개는
살포시 쉬어가고
등대 빛 사이사이
우리 둘만의 그림자

고동소리 울리며
바다 끝 세상 속으로
멀어져 간 밤 배는
어디로 가고 있을까

고요한 침묵 속에
검게 물든 이 밤
그녀에게 새처럼
노래하고 있는 나

잔잔했던 파도는

두근거려 일렁이고

장단 맞춘 파도 소리

철썩이며 손뼉치네

사랑의 자장가로

잠 못 드는 별을 바라보며

내 맘속의 작은 진실

누가 볼까 싶었지만

둘이 있는 평온한 밤

공기마저 달콤하고

눈을 감은 그녀에게

나의 사랑 노래할래

빈자리의 행복

꽉 채워진 것만
완성인 줄 알았어

넘쳐흘러도
좋을 거라 생각했지

비어있으니
이렇게 가벼운 걸

채웠다가 비워지는
너그러운 풍요

빈자리가 알게 해 준
배려와 포용의
포근함

비움의 가벼움과
채움의 관용을
가르쳐 준 빈자리의
행복

하얀 종이배

하얀 눈 녹아
한줄기 강물 되어
내 마음을 적시고

안개속에 멀어진
그추억을 찾으러
종이배를 띄웠어

지나간 시간을
다시 싣고 오겠지

흰 꽃잎처럼
새겨진 가슴 속
아련한 사랑

우연이라 하기엔
너무나 닮았던
우리의 인연

너와 마주했던
이 벤치 위에서
떠난 그대 그리워하며
기도해

하얀 종이배는
언제 다시 오려나
나에게 돌아와 줘
사랑해

기차 여행

누군가의 출발과 도착
선로 위에 늘어선 객차 한 칸
자리를 잡고 긴 여행을
시작한다

나란히 길게 뻗은
평행선 위에는 수많은
사연들을 태우고 있어

찐 계란의 고소함과
시원한 사이다 맛을
기억하는 추억 여행

땅 위에 놓인 오랜

세월의 두 갈래 철길

마주 보고 다정스러운

행복한 담소의 길과

잡지 못해 놓아버려

갈라진 고집스러운

길이기도 해

사랑과 미움의

봇짐을 풀기 위해

서로의 종착역으로

달려가는 길고 긴

인생 여행

다섯 손가락

손가락을 걸고 약속했어
내 마음을 보여준
새끼 손가락

작고 가냘프지만
내 모습보다 멋스러운
진심이야

위로 치켜세운 엄지는
용기를 냈던 나에겐
최고의 칭찬이었지

맞잡았던 수많은 손
만남과 헤어짐의
반복으로 손바닥의
감각은 무뎌지고

손등으로 얼굴을 가려
원망의 눈빛도
흘렸던 눈물도
씻을 수 있었지

말하는 손으로
내 모든 걸 보이고
맞잡은 체온을 통해
얼굴이 되어준 마음의
다섯 손가락

벙어리

사랑하는 이를 보고도
말할 수 없는 입 다문
장승

이불을 덮어 감추고 싶지만
또 하나의 기다림을
기대하고 있어

정성으로 차려입은 겉옷처럼
나를 만들어준
너의 사랑

소리 내어 불러봐도

부메랑처럼 돌아온 건

너의 이름

한걸음 다가서려 했지만

민들레 홀씨 되어 저 멀리

사라진 네 얼굴

이제야 돌아보지만

사라진 뒷모습에

눈망울은 젖어들고

시간은 알 거라

기대는 했지만 이리 애타는 건

내 안의 조바심

사랑이 사랑을 말할 때
더없는 축복은 없을 거야

이 밤 홀로 지킨 Love♥
고독의 거울을 너의 향기로
닦아내고 싶다

행복의 집

마치 오늘을 위해
살아 온 것처럼
그대의 마음에
사랑의 집을 지었어요

문틈을 비집고
나갔던 향기가
사라져 허전함만
남을 줄 알았지요

멈춰 선 벽시계를

바라보며 새봄이

찾아올 시간을

두손 모아 기다려요

벗어나기 싫은

그대 마음 속에

족쇄를 채워 두는

나의 다짐

하루를 살아도

영원히 남아 있는

행복의 꽃을

그대 품에 가꾸는

행복의 집을 지었어요

하늘에 닿은 사랑 이야기

커튼콜이 열리고
찬사와 박수 속에
두 눈에 담았던
그녀만 보이고

화려한 조명 아래
가슴 띤 사랑의 노래
운명이 가져온
고마운 설렘에
잠들 수 없는 사랑

예고 없이 맞이한
돌아갈 수 없는
타향에 두고 온
새하얀 이별

한숨마저 내려앉아
육신까지 굳어져 버린
그녀만 바라보는
돌조각

하늘까지 닿은
간절한 기도였나
기다림의 끝에서
이루어진 만남의 소원

홀로 견뎌온 쓰라린

긴긴 세월의 사랑은

아름다운 생명의

꽃으로 피어나고

흘러내린 눈물 속에

선명하게 마주한

영원히 아름다운

내 사랑

핑크빛 사랑

새로운 꿈을 꾸죠
외면했던 그녀가
매력 없는 나에게
샛별처럼 다가와

귀여운 참새처럼
속삭이며 말해요
왜 이리 깜찍한지
깨물어 주고 싶어

너무나도 좋아서
두 볼에 한 입맞춤
핑크빛 그녀 얼굴
보조개가 참 예쁘네요

찰랑찰랑 생머리
샤넬 향기 가득가득
나를 좋아한다고
두 손을 꼭 잡아요

이래도 되는 건지
사랑을 찾았어요
새로운 꿈을 꾸는
그대를 사랑해요

용서

어떻게 해야 하나요…

조금씩 밀려와

살얼음판인 줄 알았는데

빙하처럼 얼어버린

차가운 가슴 속

저린 통증 때문에

진통제 처방을 받아도

녹지 않는 냉가슴

차마 놓지 못한 인연으로

끊어버릴 수밖에 없었던

실타래

이해의 가벼움과

응어리진 무거움을

둘 다 갖기엔 너무나

좁은 속

오래 간직하기 싫은

아직도 풀지 못했던

용서 ㅠㅠ

내 안의 부스러기를

훌훌 털어버리기 위한

나만의 치유는

사랑이라는 것 임을

사랑의 꿈

소슬바람 불어오고
뭉게구름 한가운데
네게 전할 사랑의 말
어여쁘게 적어봤어

코스모스 한잎 두잎
노래하며 날리었던
그 시절의 애틋함이
사랑으로 남겨졌네

천사같이 웃음 짓던

그 모습을 기억하며

철새에게 보고 싶다

전해주라 부탁하고

세월 속에 돌고 돌아

전해졌나 나의 마음

꿈속에서 그댈 만나

하염없이 기뻐하네

그대에게 이제라도

주지 못한 사랑 주려

그림 같은 이 세상에

영원토록 함께하네

수학

☆ 신지아

수학, 수학

덧셈, 뺄셈

곱셈, 나눗셈

+고 -고 x고 ÷면

내 머리는

뒤죽박죽

내 머리는

고장난 계산기

수학이 싫어

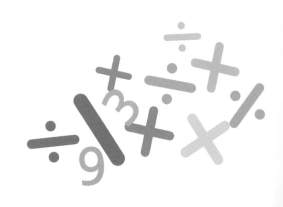

튜브

☆ 신지아

가만히 있으면
쭈글쭈글 말라깽이

바람 넣으면
우리아빠 배처럼 빵빵

놀때는 빵빵
만족한 듯 놀아주면서

다 놀면 아쉬운 듯
구멍을 열어 말라깽이

빗방울 경주

신지아

창문에서 빗방울 선수들이
달리기 경주를 한다

준비 땅!
총소리가 나면
쪼르륵 쪼르륵 출발하고

저 앞 도착 지점이 보이면
나 먼저 너 먼저 없이

앞다투어 나 먼저라며

싸우며 도착 지점에 간다

비 올때마다 시작되는

빗방울 경주는 공짜이다

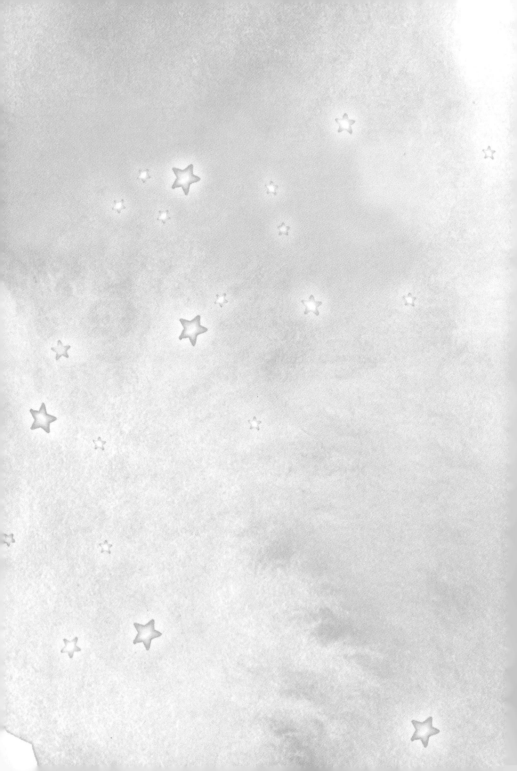

5

다시 만날
시간을
기다려

되돌아보고 다시 돌아본다
(再回首 中 的 再回首, 姜育恒님의 노래를 듣고)

지난 날을 되돌아본 노래에

어느새 나는 그대를

바라보았습니다

쉼 없이 지쳐 있는

마른 심장에 단비로 내려

새로운 생명을 주었죠

한번 또 한번 불러보지만

다시는 오늘같은 날이

돌아올 수 없기에 이 시간이

멈추었으면

희망의 악보로 짜여진

오색선율의 양탄자를

외로운 내게 펼쳐주었고

세상에 울려 퍼진

아름다운 소리에

감동의 눈물도 흘리는

기쁨마저 갖게 되었습니다

이 순간도 낙원을 찾아

꿈속에서도 나홀로 가야하는

머나먼 여정

되돌아 봐도 자꾸만
돌이켜 지는 이 노래는
따뜻한 사랑으로 세상에
뿌려지고

웃음으로 가득찬 그대 미소가

쓸쓸한 이 길을 나와함께

걷고 있어요

오늘도…

영시의 멜로디

나를 외면한 채 돌아서는
너를 보고 나는 울었어

헤어진 한숨 속에
귓가에 들려오는 멜로디는
이내 슬픔의 전주곡이었지

나의 흐느낌에
찻잔 속엔 냉정함이 가득했고

무심히 흔들리는 시계 추처럼
나의 하루는 멍하니 지나쳤어

가로등 켜 있던 그 카페 앞에서

또다시 너를 본 순간

우리의 시간은 영시

초침 속에 너를 그렸던

기다림을 뒤로하고

말하지 못한

사랑의 입맞춤으로

다시 만난 영시에

너와 나는 하나가 된다

너만을…

처음으로 돌아가야 해
너의 마음 떠난 이곳
해 질 녘에 위로했던
슬픈 비도 싫어졌어

차창 넘어 갈대들은
밤이 돼도 속삭이고
긴 머리가 아름답던
너의 얼굴 아른거려

두고 왔던 내 맘 따윈

잊어달라 말했지만

순수했던 우리 사랑
너만을 그리워해

어떻게든 돌아가야 해

너와 함께했던 추억들이

땅거미로 내려앉아

그리움이 썰물처럼

오늘 이 밤 내게로 와

자꾸자꾸 쌓여가는
숨도 못 쉰 가슴앓이
우연인가 만났었던
처음으로 돌아갈래

두고 왔던 내 맘 따윈
잊어달라 말했지만
순수했던 우리 사랑
너만을 그리워 해

차창 넘어 갈대들은
밤이 돼도 속삭이고
긴머리 아름답던
너의 얼굴 아른거려

처음으로 돌아 갈래

네잔의 술

나 홀로 있는 이 방안엔
침묵만 흐르고 있어

봄비가 내려 내 어깨를 적시고
네가 내민 한 잔의 술은
내 마음을 감싸주었지

뜨거운 태양 아래
지평선을 보며 너와 나
행복의 축배를 들었지

낙엽은 지고 달님은 우는데
술잔 속에 비친 그대 모습
매일 밤 나에게 천 잔의
술잔을 들게 한다

멀리서 찾아온 차디찬 바람
내 마음 그리움으로 사무쳐
너의 숨결로 넘치게 한다

한 잔의 술은 달콤한 만남
두 잔의 술은 뜨거운 포옹
세 잔의 술은 이별의 아픔
네 잔의 술은 그리운 추억

네 잔의 술은 믿을 수 없는
인연을 주었고 우리는
지금 영원한 소원의
잔을 건배하고 있어

부를 수 없는 노래

이밤이 새고 나면
그대는 떠나야 하나요

날 위해 만들어 준
슬픈 멜로디만 남기고

우리의 아름다웠던
이야기를 쓰려고 했어요

민트향 꽃향기 가득한
사랑의 모습인줄 알았는데

깊은밤 잠못 이루고
그대 모습 떠올리며
이 노래를 불렀지요

이러면 안되잖아요
나를 울린 슬픈 멜로디
전해준 그대가 미워요

눈물때문에
부를 수 없는 노래인데

라디오에서 흘러나오는
저 노래가 어쩌면 내 맘처럼
흐느껴 울고 있네요

나의 전부

너를 위한 내 사랑이
어디까지인지
바라보니 여기 내 마음

바람결에 흩날리는
머릿결
눈을 감아도 나는
널 느껴

바라보고 있을 때면
미소만 가득
웃고 있는 너의 두 눈

내 모습이 보이고
나의 사랑 알고 있는
꼭 잡은 두 손
내 사랑의 절실함으로
너를 닮아가고

묻고 싶어 지금 내가
너에게 뭔지
전부라고 말한 너를
너를 사랑해

하나밖에 없는 너는
나의 전부야

잠이 오지 않아

불을 끄고 잠 들려고 해
창문 틈 사이로 빛이 들어 와

대낮보다 밝은 풍경이
반짝이며 아름다운데
나도 몰래 한숨이 나와

피곤했던 오늘 하루도
이렇게 또 지나가네요
산다는 게 이런 건가

잊혀졌던 작은 일들도
그냥 그저 생각만 하죠
나에게는 언제쯤 사랑이 올까

사랑하는 사람을 만나

마음속 두근거림이

찾아올까 설레기도 해

헤이즐넛 커피향처럼

향긋하겠지

반짝이는 쇼윈도를

그녀와 난 웃으며 걷네

내 사랑은 언제 오려나

오늘 밤은 잠이 오지 않아

사랑의 발자국

이젠 잊어 버렸어

둘이서 함께 나누었던
달콤한 사랑의 추억을

소중히 간직했던
네가 준 선물의 시간을
나는 왜 지워야만 했을까

하얀 꿈을 그리며
밝게 미소 짓던 너

무지개 다리를 건너
구름 위를 함께 거닐고픈
어릴 적 동화의 이야기처럼

추운 겨울 우리의
사랑 노래는
새하얀 추억의
발자국이 되어

나는 널 다시 찾으려
그곳으로 떠나고 있다

사랑하는 모든 날

잘 자라고 헤어진 뒤
망설였었어
하지 못한 말이 있기에

돌아서는 내 발길은
그냥 제자리

창문 앞을 서성이며
전화를 걸어
보고 싶단 말을 하고파

어두운 밤이 찾아오고
외로운 이맘

우린 다시 내일을
약속했건만
사랑의 키스로
대답해 줄래

모든 밤 모든 날
너와 난 함께 해

내 품 안에 있는 너를
매일 사랑해

사랑하는 모든 날엔
너와 나

잊을 수 없어요

잊을 수 없어요
내 귓가에 남아 있는
그때 그 말을
돌아서며 이별했던
그때 그 모습
잘 가라며 냉정하게
그렇게 가고

지울 수 없어요
비가 내려 젖어버린
나의 어깨를
포근하게 안아주며
입맞춤했던
잊으려고 애를 써도
눈물이 나요

이유 없이 떠난 그대

왜 그랬나요

들리나요 지금 내가

하고 있는 말

슬프게 한 그대 정말

미움만 남아

단 한 번이라도

나를 생각 했나요

첫 사랑의 그대 모습

자꾸 떠올라

오늘도 나를 힘들게 해요

잡지 못해 지나가 버린

아쉬운 사랑

지금 내게 남은 건

그대라는 사랑 뿐이죠

떠나간 그대

잊을 수 없어요

이젠 그대가 내사랑 인걸요~

지나간 일들은
잊기는 했는지
다가온 사람을
알기는 하는지

모른 체 하려고 해도
왠지 내 맘속엔
그대만 보여요

지금은 그대가
무엇을 하는지
알고 싶은 내 맘이
사랑을 하나 봐요

216

닫혔던 창을 열고

하늘을 보아요

정답던 새들도

노래를 하네요

나 이제 그대를

마음에 두어요

사랑이 피어난

가슴이 뛰어요

지나간 사랑은

이제 다 잊고서

마주한 내 얼굴

바라만 봐줘요

이젠 그대가

내 사랑인 걸요

보고싶은 사랑

홀로 잊으려
눈을 감아도
비 내리는
소리가 들려

새어 나오는
눈물이 싫어
고개를 들어도
목이 메어와

가슴은 보고파
그대를 찾네요
사랑이 이렇게
아프고 아파요

불러보기 힘든
사랑이 그리워
글로 남깁니다

쓰라린 가슴을
어루만져도
슬픔에 적셔진
편지는 우네요

사랑에 상처를
버리지 못하고
힘든 나를 위한
단 하나의 사람

가슴에 남겨진
사랑아···

사랑할 수밖에 없는 사람

나란히 하늘을 보며
예쁜 그림을 그리고
구름보다 높은 곳을 향해
걷고 있는 오늘

넘어져 눈물이 흐를때
위로와 격려로
바로 설 수 있게 한
아름다운 사랑

가슴앓이 한번 없이
지금까지 올 수는 없었지만
내게 남은 사랑의 불씨로
너만을 향했던 간절함

피어나지 못해 움츠렸던
외로움으로 가득한 마음
지금까지 나를 이끌어 준
사랑할 수밖에 없는
사람이 있었기에

나의 날들은 따뜻한
파스텔톤으로
물들어 가고 있다
사랑 할 수밖에 없는
사람아 사람아

하얀 백지 위에 새겨진 이름

차가운 나의 창에
너의 이름을 새겼어

네가 주었던 편지를 보며
지난 날의 추억을 생각했지

파도 위에 떠있는 유리알을 헤치며
노를 저었던 그때

눈 앞에 비친 밝은 빛은 어느새
나를 잡아당기고 있었지

지금 가는 이 길이 끝이 없다 해도

너를 향한 나의 마음은 붉게 비친
저 노을일 거야

내 손에 넣을 수 없다 해도
내 마음은 영원히 타오르는
저 노을이고 싶다

너는 나의 천사가 되어
너는 나의 노래가 되어
하얀 백지 위에 하나의
점이 되고 싶다

난 알고있어

난 알고 있어
오늘 말하려 했던 너의 마음을
난 알고 있어
지금 감추려 했던 너의 눈물을

왜

나의 선택은 이별이었을까

난 알고 있어
내일 말하려 했던 너의 눈빛을
난 알고 있어
그날 감추려 했던 너의 슬픔을

왜

너는 그림자만 남겨두는 거니

이처럼 네가 없는 날들
나의 사랑은 이렇게 창백해
아무 말도 하지 못해서 미안해

난 알고 있어
용기 없는 내 사랑이
모래알이었다는 걸
너와 함께 사랑하며
행복의 꿈을 꾸고 있는데

홀로 떠나가게 한
내가 너무나 미워
너 혼자 그립게 만든
나를 용서해 줘

이렇게 사랑은 찾아온 거야

잠 못 이룬 어두운 밤을 보냈어
두 손으로 가슴을 누르고
뛰는 심장을 잡고 있었지

지난 날 보냈던 너와의 생일
눈 내린 창밖은 차갑지만
케이크 속 촛불은 따뜻했어

날 부르던 너의 목소리
꿈 속에서도 나를 깨우고
두 눈엔 환한 너의 얼굴이
자꾸만 맴돌아

일 년이 지나고 다시 찾아온

기억 속의 그날들

가끔은 보고팠다는 너의 말

잊을 수 없었어

이렇게 사랑은 찾아온 거야

그토록 그렸던 나만의

사랑이

이렇게 만남은 찾아온 거야
그토록 애탔던 너와의
시작이

너를 향한 이 마음
영원히 함께 할래

이렇게 사랑은 내 가슴에
찾아온 거야

화장빨

너와 즐겼던 한잔 술에
오늘 아침엔 힘겨웠어

다급한 알람 소리
바쁜 하루가 시작됐고,
환하게 웃음 짓던 그대 미소
온종일 내 머리에 맴돌았어

파티의 열기 속에
술잔은 채워지고
너의 모습 어디 있나

내가 준 목걸이의
연인은 있었지만
나의 사람은 안 보이네

헝클어진 머리칼을
쓸어 올리는 너를 보며
여자의 화장빨은
어디까지 있는 거니

변신은 무죄지만
립스틱이라도 칠했으면
아마 나는 알아 보았겠지

마스카라 없는 너의 모습
내 머리는 돌고 있고
우린 친구로만 남아야 돼
내 맘을 너는 알 수 있을까

나의 사람아

보고 싶다 말해요
그대 생각나면은
그립다고 말해요
그대 슬퍼지려면

미소로 날 반기며
언제나 웃어주던
너

네가 있기에 오늘도 난
온종일 행복한 사람

좋아한다 말해요

그대 다시 만나면

사랑한다 말해요

그대 안고 있기에

널 사랑한다 말해도
이 맘을 채울 수 없어

네가 주는 손길만이

나를 위로하고

네게 받은 마음만이

나를 살게 해

사랑하는 사람아
사랑하고 또 사랑해도
너 때문에 살아가는
이 세상을
고맙다고 말하기엔
너무나 짧아

나의 사람아

나의 노래

언제부터인가 난

노래를 하고 있었어

어릴 적 엄마 품에 안겨

재잘 거리고

동무와 나비를 쫓으며

꽃잎을 노래했고

선배와 내일을 꿈꾸며

희망을 노래하고

그녀와 손을 잡고 설렘의

사랑을 노래했지

아이에게 모든 걸 줄 수 있는
노래도 해야 했고

내가 힘에 겨워
술의 노래도 해보고

나 홀로 노래를 했건만
나를 위해 들려주는 노래는 어디에

목이 쉬도록 지금껏 나는
노래를 했지만

내가 진정 사랑하는 노래는
지금 부르고 있는
이 노래인걸

아물지도 않아 I

어제 네가 전해준 선물을 보며
떠났다는 걸 알게 됐어
안녕이란 두 글자에 내 눈물이 흐르고
마음까지 비가 내려

한 동안 널 잊고 지낸 줄 알았어

헤어졌던 상처가
아물 것도 같은데
보고픔에 눈물이
또다시 흘러

잊지도 못했었나 봐

왜냐고 묻지 못해

바보처럼 외로움만
또 참는 나

아물지도 않아 Ⅱ

이제 내게 지워진 너의 얼굴은
어둠 속에 묻혀 버렸어
바쁘게 지냈던 하루하루가 지나고
행복하다 생각했어

헤어졌던 상처가
아물 것도 같은데
보고픔에 눈물이
또다시 흘러

잊지도 못했었나 봐

왜냐고 묻지도 못해

바보처럼 외로움을

또 참는 나

네가 떠난 시간은 멈춰 있는데
다시 만날 그 시간을 기다려

지금까지 흘렸던
눈물도 말랐어
사랑스런 모습만
가슴에 남는다

이제와 나는 알았어
아물지 못했던 상처

잘하지도 못했던 날
믿었던 너

바보처럼 외로움만
또 참는 나

『이 도서의 국립중앙도서관 출판예정도서목록(CIP)은
서지정보유통지원시스템 홈페이지(http://seoji.nl.go.kr)와
국가자료공동목록시스템(http://www.nl.go.kr/kolisnet)에서 이용하실 수 있습니다.
(CIP제어번호 : CIP2018007933)』

세상의 별을 모아 너에게

제1판 1쇄 인쇄 2020년 02월 20일
제1판 1쇄 발행 2020년 02월 29일

지은이 장근엽
펴낸이 김정동
펴낸곳 서교출판사

주소 서울시 마포구 성지길 25-20 덕준빌딩 2층
전화 02-3142-1471 **팩스** 02-6499-1471
이메일 seokyodong1@naver.com
블로그 https://blog.naver.com/seokyobooks
인스타그램 @seokyobooks

출판등록일 1991년 10월 11일 제2-1280호
ISBN 979-11-89729-25-7 03810

* 잘못된 책은 바꾸어 드립니다.